I0564707

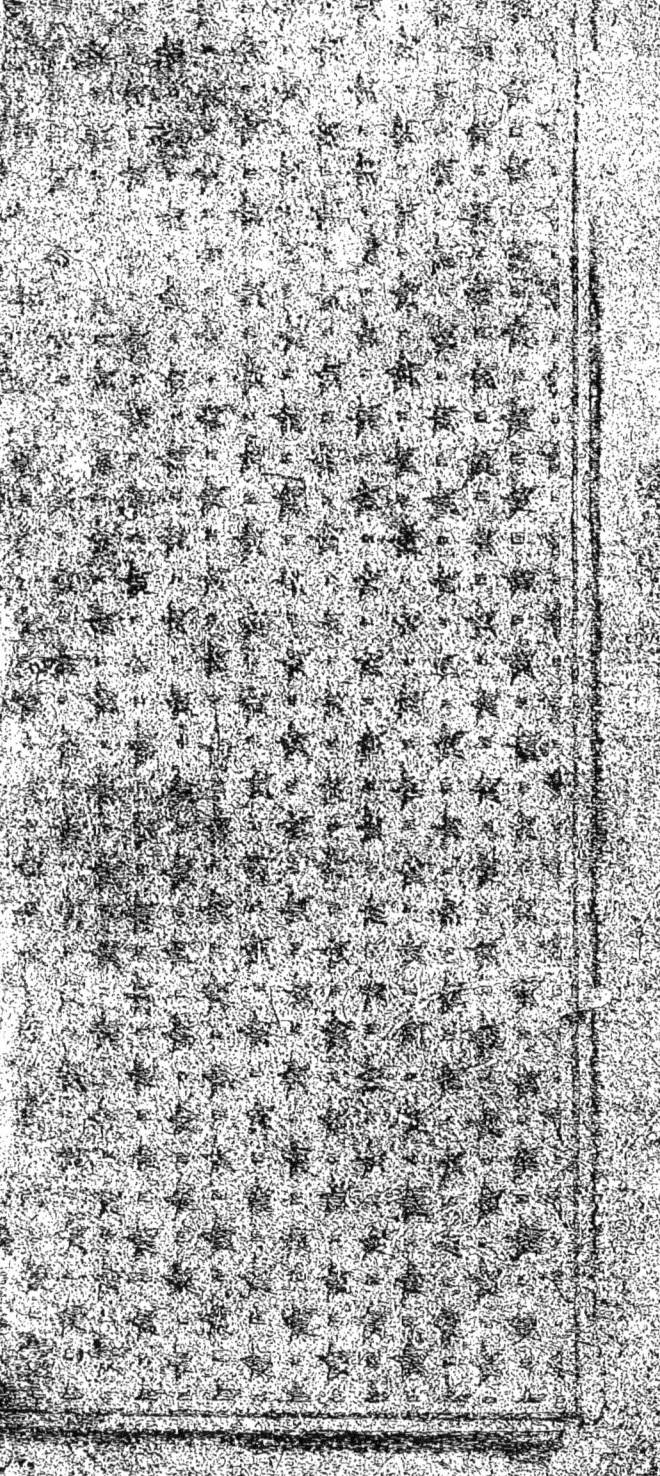

GULLIVER

RESSUSCITÉ.

GULLIVER

RESSUSCITÉ,

OU

LES VOYAGES, CAMPAGNES

ET AVENTURES EXTRAORDINAIRES

DU

BARON DE MUNIKHOUSON.

PREMIÈRE PARTIE.

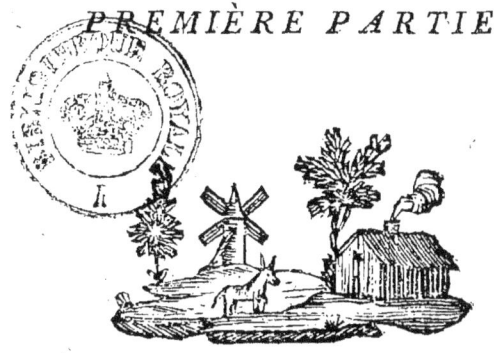

A LONDRES;

Et se trouve à PARIS,

Chez ROYEZ, Libraire, Quai des Augustins.

1787.

PRÉFACE.

PARMI les Écrivains qui s'amu-
fent à faire imprimer des menfonges,
on ne peut refufer aux Voyageurs
un rang très-diftingué : la manie
de paffer pour un homme extraordinaire, pour avoir vu ce que
d'autres n'ont pas rencontré, eft
un travers de l'efprit, que l'amour-
propre tourne à fon avantage. On
ne peut guères attaquer, que par
le ridicule, un égarement de cette
efpèce. L'orgueil eft une paffion
d'enfans ; les punitions de l'enfance
font les feules qui lui conviennent ;
la foumettre à la cenfure, grave

& férieufe , ce ferait la traiter avec une importance dont elle n'eft pas digne.

Tout le monde connaît cette anecdote d'un Voyageur , qui prétendait avoir vu à la Chine « un « choux à l'ombre duquel un Ré- » giment de Cavalerie pouvait fe » ranger. J'ai vu , dit un témoin » de ce récit , j'ai vu au Japon » trois cents Cavaliers manœuvrer » dans une marmite. — A quoi » pouvait fervir cetre marmite , » dit le premier conteur ? — A » cuire votre choux , lui répondit » l'autre ».

L'Auteur du *Gulliver reffufcité*, travaille à-peu-près dans ce genre;

il a voulu faire le procès aux im-
posteurs de profession, soit Voyageurs, Conteurs de société, &
autres qui composent cette innom-
brable tribu.

Le Baron de Munikhoufon, prin-
cipal personnage de cette histoire,
grand parleur, est un peu ivrogne
en même temps ; à mesure que sa
bouteille se vuide, sa tête se rem-
plit d'idées singulières : on distingue,
à chaque trait, les effets progressifs
du vin sur son imagination, &
l'on peut mesurer, aux extrava-
gances de son récit, les gradations
de l'ivresse.

Trois éditions, dans un espace
de temps très-court, ont assuré le

succès de cet ouvrage en Angle-terre. Si le peuple penfeur s'en eft amufé, il eft naturel de croire qu'il ne déplaira pas à la Nation, dont la gaieté eft prefque le caractère diftinctif.

GULLIVER

GULLIVER RESSUSCITE,

OU

LES VOYAGES, CAMPAGNES

ET AVENTURES EXTRAORDINAIRES

DU BARON DE MUNIKHOUSON *.

Ce fut au milieu d'un rigoureux hiver que je partis pour la Ruffie, perfuadé que la neige & la gelée auroient réparé les chemins qu'on dit être fi mauvais dans les parties feptentrionales de l'Allemagne, dans la Pologne, le Duché de Courlande & la Livonie. J'étois à cheval, attendu

---

* Le Baron eft cenfé raconter fes aventures à table au milieu de fes amis,

Partie I   A

que c'eſt, ſelon moi, la meilleure manière de voyager, quand la monture & le cavalier ſont en bon état. A meſure que j'avançois vers le nord, je ſentis que j'étois vêtu un peu légérement : cette réflexion me vint en conſidérant un vieillard étendu ſur la route, friſſonnant & tranſi, ayant à peine de quoi cacher ſa triſte nudité.

Le pauvre homme me fit pitié, & quoique je ſouffriſſe beaucoup de la rigueur du temps, je me dépouillai de mon manteau pour l'en couvrir. Tout-à-coup une voix du ciel fit entendre ces mots : mon fils, votre charité ne ſera pas perdue, vous en ſerez récompenſé en temps & lieu.

Je pourſuivis mon chemin. La nuit me ſurprit, ſans que je puſſe diſtinguer de toute la portée de ma vue, ſoit un village , foit une chaumière ; la neige couvroit tout le pays , & les chemins m'étoient abfolument inconnus. Accablé de fatigue, je mis pied à terre ; j'attachai mon cheval à une efpèce de branche qui s'élevoit au-deffus du fol : par précaution je mis mes piftolets fous mon bras , & m'étendis fur la neige. Bientôt le fommeil me gagna , & déjà il étoit grand jour quand j'ouvris les yeux. Quel fut mon étonnement lorfque , portant mes regards autour de moi , je me vis au milieu d'un village , couché dans un cimetière. Je cherchais par-tout mon cheval ; mais inutilement : je l'entendis enfin hennir à quelque diftance de moi ; je levai machinalement la tête, & je l'apperçus pendu à la flèche du clocher. Un moment de réflexion me mit au fait de ce qui s'étoit paffé : le vent avoit changé pendant la nuit ; le dégel

était survenu ; alors descendant moi-même
par degrés insensibles avec l'écoulement
des eaux, je me trouvai, à mon réveil,
au milieu d'un village qui, la veille était
enseveli sous la neige, & ce que j'avais
pris dans l'obscurité pour une branche,
n'étoit autre chose que la pointe du clocher, à laquelle mon cheval était demeuré
suspendu.

Sans perdre de temps en réflexions, je
fis sauter la bride d'un coup de pistolet ;
mon cheval tomba ; je remontai dessus, &
je continuai ma route.

J'allais grand train ; mais comme l'u-
sage en Russie n'est pas d'aller à cheval
pendant l'hiver, je pris un traîneau pour
me conformer aux manières du pays &
me conduire à Pétersbourg. Chemin fai-
sant (je ne vous dirai pas précisément le
lieu), ce qu'il y a de vrai, c'est qu'au

milieu d'une forêt sombre, je vis venir à moi un loup d'une groffeur prodigieufe, preffé comme s'il n'avait pas mangé de l'hiver : il approchait déjà ; je ne voyais nul moyen d'échapper ; cependant je pris le parti de m'étendre à plat dans le traîneau, laiffant à mon cheval le foin de notre commune sûreté. Ce que j'appréhendais arriva ; le loup nous eut bientôt atteint ; mais auffi ce que j'avais efpéré fe réalifa heureufement : le loup ne fit pas la moindre attention à moi ; il me franchit d'un faut, & s'élança avec fureur fur mon cheval, attaquant furtout la partie de derrière, ce qui détermina le pauvre animal à doubler de vîteffe. Quant à moi, profitant de la fécurité de l'ennemi fur mon compte, je levai la tête avec précaution, & j'apperçus épouvanté, le loup qui s'était fait jour à travers le corps de mon cheval ; prenant alors mon avantage, je tombai sur lui avec le manche de mon fouet, l'obligeai de s'y retrancher tout-à-fait ; effrayé de cette brusque attaque, il se précipita de toutes ses forces en avant ; la carcasse du cheval tomba, & l'animal vorace se trouva lui-même engagé sous le harnois : je redou-blai de coups, il se mit à fuir d'autant plus vîte, & je fus rendu, en un clin d'œil, dans les rues de Pétersbourg au grand étonnement du peuple qui n'avait jamais vu un pareil attelage.

Il est inutile de vous ennuyer ici de mes observations sur la politique, les sciences, le commerce & les arts de cette superbe Métropole de l'Empire Russe, ni de mes intrigues dans les premières so-ciétés du pays, où les maîtresses de maison vous accueillent avec un verre de liqueur

& un doux baiser. Je réserve à votre curio-
sité des objets plus dignes d'elle ; je vous
parlerai des chevaux, des chiens, que j'ai
beaucoup fréquenté, des loups, des re-
nards, des sangliers, des ours & de toute
espèce de gibier plus abondant en Russie,
que par-tout ailleurs ; je vous ferai le récit
des parties de chasse, des combats & de
tous ces exercices de mouvement dont le
goût annonce plutôt un Gentilhomme,
que des bouffées de Grec & de Latin,
& de tous les parfums des petits Maîtres
Français.

Plusieurs mois s'écoulèrent avant que
j'eusse obtenu une commission, qui m'a-
voit été promise dans les troupes de l'Empire. Durant cet intervalle, j'eus tout le
loisir de dissiper, en homme du monde,
mon temps & mon argent.

Un matin, j'apperçus, de ma chambre

à coucher, sur un étang très-large &
peu éloigné, des canards sauvages, en si
grand nombre, qu'ils en couvroient pres-
que toute la surface. Je pris aussi-tôt mon
fusil ; je descendis les escaliers avec tant
de précipitation, que je donnai inconsidé-
rément du nez contre une colonne ; je
crus voir jaillir mille étincelles de mes
yeux ; cependant, ne me sentant pas blessé,
je poursuivis mon dessein. En couchant en
joue, j'observai, à mon grand regret,
que la pierre s'était échappée du serpentin
par la violence du coup ; mais comme je
n'avais pas de temps à perdre, me rappel-
lant l'effet de la commotion, je découvris
le bassinet, & ajustant de nouveau, je
frappai brusquement un vigoureux coup
de poing sur la platine ; l'étincelle brilla,
le coup partit, & si à propos, que j'allai
ramasser vingt paires de canards, trente

poules d'eau, & trois couples de farcelles ;
tant il eſt vrai que la préſence d'eſprit eſt
l'ame des expédiens. Si les ſoldats & les
marins lui doivent leur ſalut dans mille
occaſions dangereuſes , les chaſſeurs ne lui
ſont pas moins redevables d'une grande
partie de leurs ſuccès.

Témoin l'aventure qui m'arriva , peu
de temps après , dans un bois où je ren-
contrai un renard dont la peau étoit ſi
belle , que c'eût été un meurtre de la
déchirer avec la balle. Le renard dont je
vous parle étoit appuyé contre un arbre.
Au moyen de mon tire-bourre , je ne laiſ-
ſai dans mon fuſil que la charge de poudre ,
& je remplaçai les balles par un clou
mince & pointu. J'atteignis l'animal avec
tant de bonheur , que je le clouai à l'arbre
par la queue ; je m'avançai auſſi-tôt ſur
lui , & le prenant par la tête , je lui fis

une incifion cruciale fur le crâne ; alors
tirant à moi, & chaffant la tête dans le
fens contraire, je parvins à le dépouiller
fans endommager la peau, & je le mis
enfuite en liberté.

Combien de fois un hafard heureux
n'a-t-il pas réparé nos erreurs : j'en eus
un exemple bien frappant. Un jour que
je m'étois enfoncé dans l'épaiffeur d'une
forêt, j'avois manqué mon coup fur un
marcaffin & une laye qui couroient à la
queue l'un de l'autre ; le marcaffin prit
la fuite, mais la laye s'arrêta tout-à-coup,
fans faire le moindre mouvement. En
m'avançant, pour confidérer la chofe de
plus près, je vis que l'animal ftationnaire
étoit une groffe laye, aveugle de vieil-
leffe, qui fe faifoit conduire par fon marcaffin, lequel rempliffait ce devoir filial
avec non moins de zèle, qu'autrefois

Cléobis & Biton. La balle avait passé entre deux ; elle n'avoit attrapé le marcaffin qu'à la queue, & la queue était reftée encore entre les dents de la vieille laye, qui s'était arrêtée court, ne se fentant plus traînée par fon conducteur ; je le remplaçai à l'inftant, fans qu'elle crût avoir changé de guide, & prenant la queue dans ma main, je la conduifis chez moi fans le moindre obftacle de fa part.

Quoique les femelles foient très-dangereufes, les fangliers font encore plus redoutables ; j'eus le malheur de me trouver fur le paffage d'un des plus monftrueux. Dans cette forêt, un jour que je n'étois préparé, ni à l'attaque, ni à la défenfe, car j'étois fans armes, il fe rua fur moi ; mais par bonheur un arbre me fervit de rempart contre cet affaillant terrible, qui,

m'ayant destiné un coup de boutoir vigoureux, enfonça ses défenses si avant dans
l'écorce, qu'il lui fut impossible de les retirer. Oh, oh! dis-je, valeureux champion,
j'aurai bientôt raison de vous : en effet,
je m'armai d'une pierre, & m'en servant
comme d'un marteau, je fis entrer encore
plus avant les dents de l'animal, de sorte
qu'il ne pouvoit faire aucun mouvement;
& j'eus tout le temps d'aller chercher au
prochain village des cordes & un chariot,
au moyen de quoi, après l'avoir bien mu-
felé, bien garotté, je l'emportai comme
je voulus.

Vous avez, sans doute, entendu parler
de Saint-Hubert, Patron des Chasseurs,
& de ce fameux cerf qui lui apparut dans
un bois avec une croix sur la tête. Comme
membre de la confrairie, j'ai toujours scru-
puleusement fait la fête de ce grand Saint,

& je n'ai jamais oublié ce cerf que j'ai vu cent fois, foit en peinture dans les Églifes, foit en broderie fur le manteau des Chevaliers de l'Ordre ; mais voici ce qui m'eft arrivé à moi qui vous parle.

J'avois épuifé toute ma provifion de balles & de plomb, lorfqu'un de ces animaux s'offrit à ma rencontre. Il me regardoit auffi tranquillement que s'il eût été dans la confidence du vuide de ma gibecière : il me reftoit encore un peu de poudre ; je chargeai, & je mis par-deffus une bonne poignée de noyaux de cerifes, après avoir mangé le fruit avec la précipitation qu'exigeoit la circonftance. Je lui envoyai toute ma charge au milieu du front ; étourdi du coup, il chancela, fe releva & s'enfuit. L'année d'après, nous étions en chaffe dans le même endroit ; un cerf fort du bois ; il s'avance vers des

arbres qui me cachoient : à mesure qu'il
approche, je distingue entre ses andouil-
lers un beau cerisier, en plein rapport,
haut de huit à dix pieds. Mon aventure
me revint à la mémoire ; je le regardai
dès-lors comme ma propriété ; je l'abattis
du premier coup, content d'avoir à la fois
le morceau du chasseur & la sausse aux
cerises. Il est bon que vous sachiez que
de ma vie je n'en ai mangé, ni d'aussi
grosses, ni d'aussi bonnes.

Mais que direz-vous quand je vous
raconterai qu'une autre fois, en Pologne,
retournant chez moi, après avoir usé mes
munitions, un ours, la gueule béante,
me barroit le chemin : je cherchai vai-
nement dans mes poches quelques balles
& un peu de poudre, je ne trouvai que
deux pierres de réserve ; j'en lançai une
de toutes mes forces dans la geule ouverte

de l'animal, & la fis entrer fort avant
dans fa gorge. La douleur ou la furprife
lui firent faire un mouvement fi extraordinaire, qu'il me préfenta l'ouverture oppofée ; j'ajuftai alors avec tant d'adreffe,
que la pierre entra fans obftacle, & fut
fe heurter contre la première : leur choc
produifit une étincelle, l'étincelle une
flamme, la flamme un incendie qui con-
fuma l'ours en un moment fous mes yeux.
Cependant, malgré le fuccès de cet expédient, je ne vous confeillerai pas de vous
hafarder ainfi contre un ours, fur la foi
d'un événement femblable.

Il femblait qu'une fatalité particulière
attirât exprès fur mes pas les animaux les
plus féroces, au moment où j'étois fans
défenfe.

J'étais précifément dans ce cas, lorfqu'un
foir un loup terrible fe trouva fi près de

moi, que je n'eus d'autre parti à prendre, pour ma sûreté, que de me prêter aux intentions de l'animal, qui paroissoit en vouloir à mon bras; je lui présentai mon poignet; je l'enfonçai dans sa gueule jusqu'au coude, &, par un nouvel effort, jusqu'à l'épaule. Ma situation étoit embarrassante : l'aspect d'un loup face à face n'a rien de bien séduisant; à son air furieux, je jugeai qu'il ne manquerait pas de se jetter sur moi si je retirais le bras; pour mettre fin à cette perplexité, je cherchai dans ses entrailles un point de résistance; en tirant à moi, je le retournai comme un gand, & le laissai mort sur la place.

Le même expédient ne m'eût pas réussi, sans doute, contre un chien enragé qui, deux ou trois jours après cette aventure, au milieu de la grande rue de Pétersbourg, s'attacha de préférence à ma pourfuite : fauve qui peut, dis-je en moi-même, me mettant à courir à toutes jambes ; par précaution, cependant, je détachai mon manteau, & le laiffai tomber derrière moi ; le chien fe jetta deffus avec fureur, & me donna le temps de m'éloigner. J'envoyai mon domeftique reprendre le manteau, qu'il fufpendit dans ma garde robe avec mes autres habits. Le lendemain, je ne fus pas moins furpris qu'effrayé des cris de Jacques, mon domeftique : pour Dieu, Monfieur, s'écriait-il, venez vîte, votre manteau eft enragé : j'accourus fur le champ, & je trouvai mes habits prefque tous en lambeaux. Jacques avoit raifon, & fes exclamations fur mon manteau enragé. Je le vis moi-même, cet enragé manteau, acharné après un habit complet de drap fort beau, qu'il déchiroit impitoyablement.

Je puis dire , fans vanité, que ce n'eſt pas par le feul effet du hafard que j'ai échappé à tous ces dangers ; il en faut aufſi faire les honneurs à mon adreſſe dans tous les exercices du corps , & à cette préſence d'eſprit qui fait , comme on fait , l'heureux chaſſeur , l'intrépide marin , & le brave ſoldat. Je conviens qu'il y auroit de l'imprudence à un Chef d'Eſ-cadre , à un Général d'Armée , de ne prendre aucune meſure pour le combat , d'abandonner le fort d'une journée au caprice de la fortune , ou à leurs reſſources perſonnelles. Par exemple , moi , je n'ai pas un tel reproche à me faire ; on m'a toujours vu les meilleurs chiens , les meil-leurs chevaux , & les meilleures armes , in-dépendamment de ma ſupériorité à m'en ſervir , de manière que dans les forêts, ou ſur le champ de bataille , on ſe ſouviendra toujours de moi. Il eft inutile de vous donner la defcription de mes écuries, de mes chenils, de mes fufils ; mais vous ne ferez pas fâché que je vous entretienne d'un de mes chiens pour lequel j'ai eu une affection particulière. Non, jamais il n'a exifté une bête pareille ; il a vieilli à mon fervice : ce n'était pas tant fa beauté qu'on admirait, que fa vîteffe extrême, auffi l'ai-je exercé fi long-temps & fi fou-vent qu'il en perdit la moitié de fes jam-bes ; de forte que, fur la fin de fa vie, il avoit toute la démarche d'un baffet, & m'a fervi plufieurs années en cette qualité.

Dans le temps qu'il était lévrier, il changea de fexe. Oui, Meffieurs, mon lévrier, un beau jour, fe métamorphofa en levrette ; &, ce qu'il y a d'étonnant, c'eft que l'ayant mis aux trouffes d'un

lièvre qui me paroiſſoit fort gros ; ma
levrette, quoique pleine, couroit auſſi
vîte qu'à l'ordinaire, au point que je
ne pouvais la ſuivre à cheval que de fort
loin ; j'entendis tout-à-coup les cris de
pluſieurs chiens, mais ſi foibles, ſi étouf-
fés, que je n'étois pas trop ſûr de mon fait·
en m'avançant, quelle fut ma ſurpriſe !
Le lièvre, qui étoit une haſe, avait mis bas
en courant ; ma levrette, en la pourſui-
vant, en avait fait autant, & j'apperçus
un nombre égal de levrauts & de petits
chiens : ceux-ci, pouſſés par leur inſtinct,
couraient après leur proie, & la forcè-
rent ſi bien, qu'à la fin de cette chaſſe,
que j'avois commencé avec un ſeul chien,
je m'en retournai avec ſix chiens & ſix
levrauts, ſur leſquels je n'avois pas compté.

Le ſouvenir de ma levrette me rappelle
celui d'un ſuperbe cheval Lithuanien,

que je n'aurois pas donné pour tout l'or
du monde. Il me fut dévolu dans une circonftance, où je fis voir combien j'étais
expert en équitation ; c'étoit à la maifon
de campagne du Comte de Prrzzobosky.
Les dames prenaient le thé dans un fallon ;
les hommes s'amufaient dans un verger
à regarder un jeune cheval de race , qui
fortait pour la première fois du haras.
Tout-à-coup des cris d'effroi fe font entendre ; je defcends précipitamment les
degrés, pour me rendre dans le verger :
je vois un cheval tellement indomptable ,
que perfonne n'ofoit en approcher ; les
plus réfolus n'en revenoient pas ; leur con-
tenance abattue exprimoit la terreur. D'un
faut, je m'élançai fur le dos du cheval ;
étonné de mon audace , je le travaillai
en maître , & je parvins à le foumettre ,
par des moyens fi favans , qu'on ne pouvait

se lasser d'admirer mon habileté. Afin de mettre le comble à ma réputation, & dissiper la frayeur des Dames, je le fis sauter par une fenêtre dans le sallon d'assemblée; & là, après l'avoir obligé à en faire le tour, avec tous les airs du manège, il fallut encore qu'il répétât sa leçon sur la table de thé, toute couverte de porcelaine. Docile à ce que je lui demandais, il n'endommagea pas le plus petit vase. Ces sortes d'évolutions en miniature donnèrent une si grande idée de mon adresse, que le généreux Comte me pria d'accepter son cheval, pour me conduire, disoit-il, dans la carrière de l'honneur : la campagne contre les Turcs était prête à s'ouvrir, sous le commandement du Comte de Munich.

Je ne pouvois recevoir, en effet, un présent plus beau, ni d'un meilleur augure à l'entrée d'une campagne où j'allais commencer mon apprentiffage de foldat. Monté fur un cheval fi docile, fi fier, fi vif en même temps, un agneau & un bucéphale à la fois, je ne rêvais que bataille ; j'avais fans ceffe à la penfée les exploits du conquérant de l'Inde.

Nous nous mîmes en marche, déterminés à relever l'éclat des armes Ruffes, un peu terni par la défaite du Czar Pierre, fur le Pruth, & fous les ordres du Général fameux, que je viens de vous nommer ; nous nous rendîmes redoutables par des faits d'armes qu'on n'oubliera jamais.

Ce ferait manquer aux règles de la politeffe, que de s'attribuer des fuccès dont on fait toujours les honneurs aux Généraux, & même à ceux qui leur ont confié le commandement, quand même ils n'auroient jamais fenti l'odeur de la poudre.

Je ne prétends rien non plus à la gloire de ces grandes actions engagées contre un ennemi belliqueux & vaillant : tout ce que je puis vous dire, c'eſt que chacun fit ſon devoir en patriote & en *ſoldat*; mot dont l'acception n'eſt pas toujours aſſez favorable parmi les nouvelliſtes des cafés, mais qui conſerve toute ſa force dans les idées d'un brave Gentil-homme.

Pour en revenir à mon récit, je me trouvai à la tête d'un corps de Huſſards, ayant carte blanche, & chargé de pluſieurs expéditions, dont le ſuccès, ſans vanité, n'appartient qu'à moi & aux braves gens que je conduiſais au combat.

Nous eſſuyâmes un terrible feu le jour que nous repouſsâmes l'avant-garde des Turcs juſques dans Oczakow. Mon cheval s'étant emporté, me mit dans un cruel embarras.

embarras. Figurez-vous que j'occupais un
poſte avancé, & que je vis venir à moi
les ennemis, enveloppés dans un nuage
de pouſſière, qui m'empêchait de diſtinguer leur nombre, leur intention & leur
mouvement : m'envelopper moi-même
d'un pareil nuage eût été un expédient
très-ordinaire, & je n'en aurais pas été
plus inſtruit. Je rangeai donc mes gens
ſur deux aîles, l'une à droite, l'autre à
gauche, avec ordre de faire le plus de
pouſſière qu'ils pourraient. A la faveur
de ce tourbillon, je m'avançai ſur les ennemis pour les obſerver de plus près ; ils
s'étoient arrêtés à l'aſpect de ma troupe,
pour ſe ranger en bataille : je profitai d'un
moment de déſordre dans leurs diſpoſi-
tions ; je fondis ſur eux ; nous les rom-
pîmes entièrement, & les pourſuivîmes
juſqu'à la ville où nous allions entrer

Partie I. B

pêle-mêle avec eux. Voyant qu'ils ga-
gnoient la porte oppofée, & comptant
fur la vîteffe de mon cheval, j'allais voler
à leur pourfuite ; cependant je jugeai à
propos de faire fonner le ralliement, &
je m'arrêtai à cet effet. Jugez, Meffieurs,
de ma furprife : je me retourne ; pas une
ame autour de moi ! Ma troupe s'étoit-
elle difperfée dans les rues adjacentes ?
s'étoit-elle arrêtée ? Dans cette alternative,
elle ne devait pas être fort loin ; elle ne
pouvait manquer de me joindre prompte-
ment. En l'attendant, je conduifis mon
cheval à une fontaine pour le faire boire ;
il but en effet, mais fi copieufement que
je ne favais qu'en penfer : je fus bientôt
au fait, lorfque, regardant derrière moi,
j'apperçus...., vous ne le devineriez jamais, la partie de derrière de mon cheval,
queue, croupe & jambes, tout avoit

difparu ! Il avoit été coupé en deux ; de forte que l'eau, à mefure qu'elle entroit, s'échappoit comme du tonneau des Danaïdes, & le pauvre animal ne pouvait fe défaltérer. Comment cela était-il arrivé ? Il ne me fut poffible de m'en éclaircir qu'en retournant à la porte de la ville. Là, je vis qu'en entrant avec les fuyards, on avait laiffé tomber la herfe, fans que j'y euffe pris garde, & mon cheval avait été coupé en deux moitié, dont l'une fe voyait encore toute fanglante de l'autre côte : c'eût été une perte irréparable, fi le Maréchal du Régiment, qui, par bonheur fe rencontra là, n'eût rapproché cette partie dont la chaleur n'était pas tout-à-fait éteinte, en l'attachant avec des liens de laurier qui fe trouvait fous fa main. La plaie fe guérit ; & (chofe étonnante ! mais bien faite pour un tel cheval), les

branches prirent racine dans fon corps &
formèrent fur fon dos un berceau dont
ma tête était ombragée de manière qu'on
m'a vu depuis marcher dans plufieurs
combats à l'ombre de mes lauriers & de
ceux de mon cheval. Hélas ! Meffieurs,
Vous favez comme moi que la fortune
a fes revers. J'eus le malheur de tomber
entre les mains des ennemis ; accablé par
le nombre, je fus défarmé & fait prifon-
nier de guerre ; ce qu'il y a de pis, c'eft
que l'ufage des Turcs eft de faire leurs
prifonniers efclaves : dans cet état d'humi-
liation, la tâche que l'on m'avait impofée,
fans me caufer un travail pénible , me
caufait un infupportable ennui ; il fallait
que tous les matins je conduififfe les abeil-
les du Sultan à la pâture ; que je les at-
tendiffe tout le long du jour , & qu'après
le coucher du foleil, je les ramenaffe

dans leurs ruches. Il m'arriva un foir d'en
perdre une ; en allant à fa recherche , je
vis deux ours affamés prêts à fe jetter fur
elle pour avoir fon miel : je n'avois dans
mes mains qu'une efpèce de poignard
d'argent , que portent les jardiniers du
Grand - Seigneur ; je le jettai après les
raviffeurs pour les effrayer & délivrer la
malheureufe abeille : le fer échappa de mes
mains & prit une direction en hauteur ,
s'élevant toujours jufqu'à ce qu'enfin il
fe perdît dans la lune. Il étoit affez dif-
ficile de courir après ; heureufement je
me rappellai à propos que les haricots de
Turquie pouffent très-rapidement & mon-
tent prodigieufement haut. J'en plantai
un fur le champ ; il fortit immédiatement
après du fein de la terre , & monta
jufqu'à ce qu'il fût parvenu à l'un des
coins du croiffant. Je n'eus rien de plus

preffé que de grimper, & infenfiblement
j'atteignis la planette fain & fauf ; mais
il me fallut bien du temps pour retrouver
mon poignard, dans un pays où tout a
le reflet de l'argent ; enfin je le découvris
dans un amas de paille. Il étoit queftion
de s'en retourner, &, par une fatalité
inconcevable, mon haricot s'étoit defféché
à la chaleur du foleil ; & ne pouvait plus fa-
vorifer mon retour : je me mis à raffem-
bler cet amas de paille épars autour de
moi ; j'en fis un lien dont j'entortillai mon
corps, & je me laiffai aller ainfi en tournant jufqu'au bout ; arrachant enfuite de
cette même paille de nouveaux liens, je
nouai les uns aux autres jufqu'au point
où devenus trop minces, la corde rompit
à la hauteur d'environ quatre ou cinq
milles de la terre ; ma chûte fut fi vio-
lente & fi rapide, que mon corps, en

tombant, fit un trou dans la terre de neuf à dix pieds de profondeur au moins. Étourdi du coup, je revins bientôt à moi, fort embaraffé de favoir comment m'en tirer : après avoir rêvé un moment, je me mis à l'ouvrage, & je fis fi bien, avec le fecours de mes ongles, que je taillai des degrés, & qu'en peu d'heures, j'eus conftruis un efcalier au moyen duquel je remontai fans la moindre difficulté. Il eft bon de vous dire qu'alors mes ongles avaient au moins deux grands pieds de longueur.

La paix avec les Turcs fe conclut enfin; je fus échangé, & je m'en retournai à Pétersbourg. J'arrivai, comme l'Empereur, à peine hors du berceau, fa mère, le Duc de Brunfwick, le grand Maréchal Comte de Munich, & plufieurs autres partaient pour la Sybérie, lieu de leur

exil. Jamais l'hiver n'avait été fi rigoureux ; & j'éprouvai fur la route, à mon
retour, des inconvéniens auxquels j'avais
échappé lors de mon départ.

Entre autres, dans un défilé fort étroit,
ayant recommandé au Poftillon de fonner
du cors pour avertir les voitures, s'il y
en avait, de s'arrêter, afin d'éviter la
rencontre fur une chauffée fi peu commode, il avoit beau fouffler, jamais il
ne put fe faire entendre, ni même pro-
duire aucun fon. Malheureufement fe pré-
fente une voiture venant du côté oppofé:
je vous laiffe à penfer quel était mon
embarras. Dans la néceffité de prendre
un parti, je defcends, & chargeant fur
ma tête caroffe & chevaux, je franchis,
avec ce poids énorme, la haie qui bordait
un des côtés du chemin ; & d'un fecond
faut, je me trouvai derrière la voiture

qui nous faifait obftacle. Arrivés à l'Au-
berge, mourant de froid, le poftillon &
moi nous précipitâmes vers le feu ; il fufpendit fa trompe à la cheminée de la
cuifine. J'allois m'endormir à la chaleur
du foyer, en attendant qu'on eût préparé
mon repas, lorfque je fus éveillé par un
tereng, tereng, teng, teng, qui nous fit
regarder de tout côté ; je découvris bientôt d'où partait cette mufique, & la
raifon pour laquelle le poftillon n'avait
pu fe faire entendre fur la route. Les
fons qu'il pouffait fe gelaient à mefure
dans fon inftrument, & s'y étaient con-
centrés : le dégel, occafionné par la chaleur, leur donnait l'effor, & nous fûmes
amufés par une variété d'airs très-agréa-
bles, qui fe fuccédaient fans interruption.
On entendit fonner la marche du Roi de
Pruffe, celle des Houlans, le menuet de

B v

Cupis, & différentes fanfares très-bien exécutées ; enfin une très-jolie romance à la mode termina cette férénade, qui fut la dernière de mes grandes aventures en Ruffie.

Fin de la première Partie.

GULLIVER

RESSUSCITÉ,

OU

LES VOYAGES, CAMPAGNES

ET AVENTURES EXTRAORDINAIRES

DU

BARON DE MUNIKHOUSON.

SECONDE PARTIE.

A LONDRES,

Et se trouve à PARIS,

Chez ROYEZ, Libraire, Quai des Augustins.

1786.

GULLIVER RESSUSCITE,

OU

LES VOYAGES, CAMPAGNES

ET AVENTURES EXTRAORDINAIRES

DU BARON DE MUNIKHOUSON.

Ceux de mes Lecteurs, à qui les faits ex-
traordinaires paraissent aisément suspects,
sont prévenus que les évènemens que je
vais décrire, n'ont pas moins d'authenti-
cité que ceux que j'ai déjà racontés dans
ma première partie.

JE m'embarquai à Portsmouth en 1766,
dans un vaisseau de guerre Anglais,
du premier rang de cent canons & de

Partie II.

quatorze hommes d'équipage. Nous fai-
fions voile pour le Nord de l'Amérique :
rien qui vaille la peine d'être raconté ne
nous arriva dans notre navigation jufqu'à
trois cents lieues du fleuve Saint-Laurent.
Notre vaiffeau fut pouffé avec une force
épouvantable contre un rocher (à ce que
nous fuppofions) ; cependant nous eûmes
beau jetter la fonde, il ne nous fut pas
poffible de trouver de fond même à la
profondeur de deux ou trois cents pieds ,
ce qui rendait la chofe plus merveilleufe ,
& en effet incompréhenfible , c'eft que
dans la violence du choc nous brifâmes
notre gouvernail ; notre beaupré & prefque tous nos mâts furent renverfés , il y
en eut même deux qui tombèrent à la mer.
Un pauvre mouffe qui était occupé dans
les cordages à ferler les voiles , fut jetté
à trois lieues du vaiffeau avant de tomber

dans la mer , & infailliblement cela ferait
arrivé , s'il n'eût eu le bonheur de faifir
par la queue un gros oifeau de mer , qui,
prenant fon vol dans la direction du vaiffeau , le ramena à bord. Une autre preuve
de la force de la commotion , c'eft que
tous ceux qui fe trouvèrent fur les ponts
furent renverfés pêle-mêle , & fe levèrent,
l'un tenant fa tête , l'autre fautant fur une
jambe ; celui-ci fe plaignant des reins,
celui-là d'avoir le nez fracaffé ; moi-même
j'eus la tête enfoncée fi avant dans l'eftomac , que je fus long-temps avant qu'elle
pût reprendre fa pofition naturelle.

Tandis que nous étions encore dans
cet état de ftupidité que produit l'étonnement , nous en fûmes tirés bientôt par
l'apparence inattendue d'une large baleine,
qui refpiroit , en dormant , la chaleur du
foleil , & dont le dos s'élevait à feize pieds

au-deſſus de la ſurface de l'eau. Le monſtre, courroucé de ce que nous avions ainſi troublé ſon ſommeil, promenant ſa queue ſur les galeries, avait renverſé tout ce qui s'y était rencontré, &, prenant enſuite dans ſes dents la plus groſſe des ancres, courut au moins ſix lieues, entraînant le vaiſſeau avec lui : on eût fait douze lieues à l'heure, du train dont il allait ; heureuſement le cable rompit, & nous perdîmes l'ancre & la baleine. A notre retour en Europe, quelques mois après, nous retrouvâmes cette même baleine, morte & flottant ſur la ſurface de l'eau : elle meſurait une étendue d'environ un mille de longueur. Comme nous ne pouvions recevoir à bord qu'une petite partie des dépouilles de ce prodigieux animal, nous ne fîmes que lui couper la tête, encore avec beaucoup de peine, & nous ne fûmes pas peu content

d'y retrouver notre ancre & environ qua-
rante pieds du cable, le tout caché précifément fous fa langue, du côté gauche
de la mâchoire. Ce fut la feule avanture
remarquable qui nous arriva dans ce
voyage.

J'ai oublié de vous dire que lorfque
la baleine fit faire ce trajet rapide à notre
bâtiment, il lui avait pris une envie de
piffer, qui rempliffait le vaiffeau malgré
le jeu des pompes : je m'avifai, fort à propos, d'un expédient très-fimple. L'ouverture
par laquelle l'animal donnait paffage à fes
eaux, pouvait avoir un pied & demi de
diamètre ; je le bouchai de toute la capa-
cité de mon derrière, & je fauvai ainfi
tout l'équipage & un des plus beaux vaiffeaux de la marine Anglaife. Vous ferez
moins étonné de ce fait, & du parti que
je tirai de mon embonpoint dans cette

circonftance, quand je vous dirai que, du côté de ma mère, je defcends de parens Hollandois.

Je courus encore un plus grand rifque de la vie, un jour que je me baignais dans la Méditerranée près de Marfeille : c'étoit l'été, dans l'après-midi. Un poiffon énorme, la mâchoire ouverte dans toute fon étendue, nageoit vers moi avec une grande vîteffe ; il m'était impoffible de l'éviter. Je me raffemblai pour occuper le moins d'efpace poffible, rapprochant mes pieds & mes mains ; dans cette pofi-tion, j'entrai dans fa mâchoire fans tou-cher les bords, & de-là je paffai dans fon eftomac, où je demeurai quelque temps fans pouvoir rien diftinguer dans ce réduit obfcur. J'avois, comme vous penfez bien, une chaleur plus que raifonnable. Il me vint dans l'efprit qu'en incommodant

mon hôte, je le forcerais à me mettre
hors de chez lui ; & comme je ne man-
quais pas de place, j'essayai à le vexer de
toutes les manières, en sautant, en me
roulant, en cabriolant ; mais rien ne pa-
roissait l'inquiéter davantage que les mou-
vemens rapides & pressés de mes pas ;
lorsque je me mis à danser la provençale,
il poussa des mugissemens affreux, & se
tint dans l'eau la tête en bas, de manière
que l'autre moitié de son corps était en
évidence. Un bâtiment Italien passait précisément par-là ; les gens de l'équipage
lui jettèrent le harpon, & l'attirèrent à
bord en peu de minutes. Je les entendis
se consulter sur la manière dont ils de-
voient s'y prendre pour dépecer leur proie
& conserver son huile. Comme je com-
prends l'Italien, je craignais sur-tout qu'on
ne me blessât; c'est pourquoi je me rangeai

vers le centre de l'eftomac , qui était de
taille à contenir une douzaine d'hommes
comme moi , & je crus qu'ils s'accorde-
raient à commencer par les extrêmités :
point du tout ; c'eft qu'ils ouvrirent le
ventre. A peine eus-je apperçu un rayon
de lumière , que je me mis à crier, au
fecours. Je ne puis pas dire ce que produifit fur leurs vifages , que je ne voyais
pas, la furprife d'entendre fortir du corps
d'un poiffon , une voix humaine , & enfuite de voir paraître un homme nud ;
mais lorfque je leur racontai mon hiftoire,
ils s'interrogeaient tous, malgré l'évidence,
pour favoir s'ils devaient ajouter foi à
mon récit.

Après qu'on m'eut donné quelques cor-
diaux pour me faire revenir entièrement à
moi, je m'élançai dans la mer , & je nageai
jufqu'à mes habits que j'avais laiffé fur le

rivage. Suivant mon calcul, j'ai paſſé environ quatre heures & demie dans le ventre de l'animal.

Je ne vous ai pas raconté qu'étant au ſervice des Turcs, je me promenais ſouvent ſur la mer de Marmora, d'où l'on découvre toute la ville de Conſtantinople & le ſérail du Grand-Seigneur. Un beau matin, occupé à contempler la ſérénité des cieux, j'obſervai dans l'air un corps ſphérique d'environ douze pouces de groſſeur, auquel un autre corps paraiſſait attaché & comme ſuſpendu ; je pris auſſi-tôt ma longue canardière, que j'emportais toujours avec moi dans ces ſortes d'excurtions. Je la chargeai d'une balle ; je la dirigeai vers le corps aërien ; mais ce fut ſans effet, l'objet étoit à une trop grande diſtance ; je ne me déconcertai pas ; au moyen d'une double charge la ſeconde tentative

me réuffit, & je le vis décrire une ligne
perpendiculaire & rapide, qui me fit pré-
fager fa chûte : effectivement il tomba.
Jugez de ma furprife lorfque je vis un
char très-élégant, monté par un homme,
ayant à fes côtés la moitié d'un mouton
rôti. Je m'avançai vers lui, & je le reçus
dans mon bateau. Le voyageur aërien était
un Français ; fa chûte inattendue l'avait
un peu étonné : il fe remit en peu de
temps, & me raconta ainfi fon hiftoire.

« Il y a près de huit jours, je ne
» fais pas précifément fi mon calcul eft
» jufte, parce que j'ai perdu mon journal,
» & que j'ai prefque toujours plané à une
» hauteur où le foleil ne fe montre point.
» C'eft dans le duché de Cornouailles,
» en Angleterre, que j'ai pris mon effor,
» à l'aide d'un large ballon, avec un
» mouton, pour faire quelque expérience

» fur la refpiration. Malheureufement le
» vent a changé en dix minutes , & au
» lieu de pouffer vers Excefter , où j'avais
» intention de defcendre , j'ai été chaffé
» vers la mer, que je n'ai pas quitté, à
» ce que je fuppofe, car j'étais trop haut
» pour faire mes obfervations.

» Le befoin preffant de la faim m'o-
» bligea de renoncer à mes expériences
» fur la refpiration, & le troifième jour
» je fus obligé de tuer ce mouton pour
» m'en nourrir : comme je me trouvais
» alors fort au-deffus de la lune , & fi
» près du foleil que fon éclat m'éblouif-
» fait ; je mis le corps du mouton à l'en-
» droit où le ballon ne pouvait le ga-
» rantir des rayons brûlans de l'aftre ,
» & , en moins de demi-heure , il fut cuit
» à fon point ».

Ici le Narrateur s'arrêta pour confidérer

les objets qu'il voyait autour de lui, lorfque je lui dis que ces bâtimens qui, pour
lors, était fous fes yeux, dépendaient du
férail du Grand-Seigneur, & qu'il fe
trouvait fous les murs de Conftantinople,
il fut fingulièrement affecté du trajet qu'il
avait fait : ce qui l'avait retenu, difait-il,
fi long-temps ftationnaire dans les hautes
régions, c'eft qu'il avait caffé la corde
qui foulevait la trappe deftinée à ouvrir
un paffage à l'air inflammable. Si je n'euffe
pas déchiré le globe avec mes balles,
le pauvre homme ferait peut-être refté
comme Mahomet entre le ciel & la terre
jufqu'au jour du Jugement. Il fit préfent
de fon char à mon patron : à l'égard du
ballon déchiré par fa chûte & par le coup
qu'il avait reçu, on n'en put tirer aucun
parti.

Ecoutez maintenant une avanture fort
extraordinaire

extraordinaire qui précéda de quelques mois mon retour en Europe.

Le Grand-Seigneur, auquel j'avais été présenté par les Ambassadeurs de l'Empire de Russie & de France, me choisit pour une négociation importante au Caire, avec l'ordre du plus profond secret. Je fis cependant le voyage par terre avec une suite nombreuse; mais lorsque j'eus rempli ma mission, je me débarrassai de ce vain appareil & de mon escorte, résolu de voyager comme un simple particulier. Le temps était superbe; le Nil, plus beau que toutes les descriptions que j'en ai lu, en un mot, l'envie me prit de louer un bateau, & de descendre le fleuve jusqu'à Alexandrie. Le troisième jour de mon voyage, les eaux commencèrent à grossir sensiblement : vous avez, sans doute, entendu parler des inondations du Nil; dès

Partie II.   C

le lendemain il était sorti de son lit, &
s'était déjà répandu jusqu'à plusieurs lieues
dans les terres : la cinquième journée, au
point du jour, mon bateau se trouvait
embarrassé, à ce que je supposais, dans
les branches de quelque arbuste ; mais
lorsque le soleil eut répandu sa lumière
sur les objets, je me vis au milieu d'une
touffe d'amandiers, garnis de fruits très-
mûrs & très-bons ; &, jettant la sonde,
mes gens reconnurent que nous étions à
soixante pieds de la terre, & que nous
ne pouvions avancer ni reculer. Vers huit
ou neuf heures, à ce que je jugeai par
la hauteur du soleil, le vent s'éleva &
jetta notre bateau sur le côté ; l'eau l'eut
bientôt rempli ; enfin il s'enfonça, & nous
nous sauvâmes, en nous attachant aux
branches qui pouvaient nous supporter.
Nous restâmes ainsi pendant six semaines

condamnés aux amandes pour toute nour-
riture : pour de l'eau , vous jugez bien
qu'elle ne nous manquait pas. Le qua-
rante-deuxième jour de notre détreſſe le
fleuve regagna ſon lit , auſſi prompte-
ment qu'il l'avait quitté , & le ſur-lende-
main la terre ſe découvrit. Le premier
objet agréable qui nous frappa ce fut notre
bateau à deux cents pieds environ du lieu
où il s'était enfoncé. Quand nous nous
fûmes ſéchés au ſoleil , nous emportâmes
ce que nous pûmes pour vivre , & nous
arrivâmes en ſept jours chez le Bey d'A-
lexandrie , qui nous fournit abondamment
ce dont nous avions beſoin , & nous par-
tîmes pour Conſtantinople. Le Grand-Seigneur me traita avec toutes ſortes de diſtinc-
tion , m'accorda les honneurs du ſerrail ,
me préſenta à ſes femmes , même à ſes fa-
vorites , me laiſſant la liberté de les voir.

Me trouvant défœuvré, je résolus d'aller au dernier siège de Gibraltar ; je marchais, pour mon plaisir, sous les ordres de Lord Rodnei. Mon intention était de faire une visite à mon ancien ami le Général Elliot, & de profiter de la circonstance où l'Amiral Anglais se disposait à ravitailler la place. Nous arrivâmes, favorisés par le hasard. Après les premiers complimens, le Général Elliot me fit voir les dispositions du port, de la citadelle, la situation intérieure de la place, & la position de l'ennemi, J'avois apporté un excellent télescope de Conichon ; en examinant au loin, je surpris l'ennemi, pointant une pièce de 36, contre l'endroit précisément où nous étions alors. J'en avertis le Général, & le mis à même de juger de mon observation, qu'il reconnut pour vraie. J'ordonnai, de son consentement, que l'on fît avancer un

canon de 48 ; je le plaçai avec une juf-
teffe fi précife, que j'étois sûr de mon fait.
Je ne perdis pas de vue l'ennemi jufqu'à ce que les embouchures des deux
canons fuffent bien en face l'une de l'autre ;
au moment où l'on allait faire feu fur
nous, je donnai le fignal : les deux coups
partirent en même temps ; les boulets fe
rencontrèrent à moitié chemin ; mais celui de l'ennemi, pouffé par une maffe
plus forte, retourna fur fes pas fi violem-
ment , que le canonier efpagnol eut la
tête emportée ; & que ce même boulet,
traverfant la mer, après avoir brifé les
mâts de deux ou trois vaiffeaux rangés fur
la même ligne, alla renverfer la cabane
d'un laboureur, fur les côtes de Barbarie,
& fit fauter les deux dernières dents de
fa vieille compagne, qui dormait, étendue fur un lit, la bouche ouverte : le

boulet s'était logé dans son gosier. Le
pauvre Laboureur ayant tenté inutilement
de l'en faire sortir, le force enfin d'entrer
dans son estomac, de sorte qu'elle en fut
débarrassée par une voie plus naturelle,
& plus commode. Il était question de
m'offrir une récompense ; mais je me
trouvai trop payé par les éloges que je
reçus le soir, à souper, de tout ce qu'il y
avoit d'Officiers distingués dans la gar-
nison.

Tout ceci n'est rien en comparaison
des exploits que je fis avec ma fronde :
je vais vous raconter comme elle tomba
dans mes mains, plutôt que de vous
faire l'énumération des ravages que j'ai
fait par son moyen ; des vaisseaux coulés
à fond ; des bataillons renversés ; rien
ne me résistait : mais revenons à cet ad-
mirable instrument. Vous saurez d'abord

que je defcends de la femme d'Urie,
qui fut, comme vous ne l'ignorez pas,
dans la plus grande intimité avec le Roi
David. Elle eut, de fa Majefté, plufieurs
enfans. Une difpute s'éleva, un jour,
entre les deux amans : il était queftion
de favoir le lieu où l'arche avait été bâtie,
& l'endroit où elle s'était arrêtée après
le déluge ; comme ils ne purent s'accor-
der, il s'enfuivit une féparation. La femme
d'Urie avoit fouvent entendu parler au
Roi de fa fronde, comme d'un tréfor
ineftimable : la nuit de fon départ elle
s'en empara. On s'en apperçut avant
qu'elle eût gagnée la frontière, & l'on
envoya à fa pourfuite un détachement des
Gardes ; elle atteignit le premier de fes
perfécuteurs, comme le plus acharné, à
l'endroit précifément où David frappa
Goliath, & le laiffa mort fur la place.

Ses compagnons, découragés par cette
expédition, laissèrent la fugitive continuer
son chemin. Betzabé, par la suite, fit
présent de la fronde à un de ses fils
qui l'avait accompagné, & depuis, elle
a passé de génération en génération jusqu'à
moi. Mon arrière grand-père, qui en fut
possesseur, dans un voyage qu'il fit en
Angleterre, se lia d'amitié avec un des
fameux Poëtes de cette nation, je crois
qu'il s'appelloit Shakespear : celui-ci la lui
empruntait de temps en temps ; mais il
s'avisa de chasser dans les réserves du Roi,
& tua tant de gibier à coup de fronde,
qu'il courut risque d'être pendu. On le
mit en prison, & ce ne fut qu'à la sol-
licitation de mon trisaïeul, qu'il obtint
sa liberté. Je ne sais pas si, parmi mes
ancêtres, ceux qui l'ont possédée en ont
tiré un très-grand parti ; mais voici une

anecdote que j'ai entendu raconter à mon
père, qui l'avoit eue immédiatement avant
moi. Il rêvait un matin, une heure avant
le moment de son lever , qu'il se pro-
menait sur le bord de la mer à Harwick,
& qu'en plongeant sa fronde dans l'eau,
elle en sortit sous la forme divine de
Thétis, qui le reçut dans ses bras , & lui
abandonna tous ses charmes. Préoccupé
de son rêve, il se lève , saute à bas de
son lit, prend sa fronde dans sa poche ,
& va se promener sur le rivage. A peine
avait-il fait un mille qu'il se voit assailli
par un cheval marin , furieux & mena-
çant ; il n'eut que le temps de reculer
quelques pas pour ramasser deux pierres
assez grosses : armé de sa fronde, il les
lance vers l'animal , & lui crève les deux
yeux , de manière que les deux pierres
en bouchaient les deux cavités. Il s'ap-

proche auffi-tôt, faute fur le dos du cheval
& le pouffe vers la mer. La fronde lui tient
lieu de bride ; le monftre, devenu aveugle,
fe foumet à la main qui le conduit, tra-
verfe l'océan, & va aborder à la rive oppofée, fur les côtes de Hollande, ce qui
faifait un trajet de près de trente lieues. Un
Aubergifte achete le cheval marin pour le
faire voir en public ; il en donne fept
cents ducats, & le lendemain, mon père,
après avoir payé fon retour par le paque-
bot de Harwick, fe trouve encore maître
d'une fomme très-confidérable. Avant de
conclure, je vous préviens que tout ce que
l'imagination peut attendre de l'inftrument dont je vous parle, il eft capable
de l'exécuter ; ainfi, il n'y a pas moyen
d'élever aucun doute fur ce que je vous
raconte.

Cette fameufe relique, non-feulement

avait, comme le chapeau de Fortunatus, la faculté de mettre en votre puiſſance tout ce que vous euſſiez pu deſirer, mais encore de vous faire réuſſir dans les entrepriſes les plus difficiles.

J'avois préparé un ballon d'une forme ſi prodigieuſe, que vous ne croiriez jamais la quantité de ſoie qui entra dans ſa compoſition ; on avait épuiſé les boutiques de tous les merciers de Londres, de Weſtminſter & de Spillefields. Au moyen de ce ballon & de ma fronde, j'exécutai toutes ſortes de petits tours de ſoupleſſe, comme de tranſporter une maiſon d'un lieu dans un autre, ſans incommoder ceux qui l'habitaient, ſoit qu'ils dormiſſent, ou qu'ils fuſſent trop occupés pour faire attention au pélerinage que je leur faiſais faire.

Le 30 Septembre, époque où le col-

lège de Médecine nomme ses principaux
membres , & donne un repas si somp-
tueux ; je lançai mon ballon, j'allais planer
sur le dôme, & m'y reposai pour attacher
un des bouts de ma fronde au globe doré
qui couronne le bâtiment ; l'autre bout
tenait à mon char : je pris ensuite mon
ascension , & j'enlevai le collège aux yeux
d'une foule de spectateurs, jusqu'à la plus
haute région : il y demeura trois mois
suspendu. Vous me demanderez peut-être
comment ils vécurent ? Je vous répondrai
que , quand je les aurais tenus en l'air
deux fois aussi long-temps , ils auraient
encore eu de quoi se nourrir des restes de
leur repas , tant leur prodigalité, ce jour-
là , avait été extravagante.

Malgré l'innocence de cette petite plai-
santerie , elle cause des désagrémens assez
importants à de très-grands personnages,

fur-tout au clergé, aux facriftains & aux foſſoyeurs. Il fut reconnu, en effet, que pendant les trois mois de ſuſpenſion du collège, les membres, ne pouvant viſiter les malades, il n'y eut preſque point de morts; on ne vit gueres tomber ſous la faulx du temps qu'un petit nombre de perſonnes déſeſpérées, qui, dégoûtées de la vie, s'exécutèrent de bonne grace, & s'ouvrirent, de leurs propres mains, les portes de l'éternité. Il eſt certain que, ſans les apothicaires, qui allèrent toujours leur train, les entrepreneurs du collège auraient infailliblement fait banqueroute.

Je parierais tout ce qu'on voudrait que perſonne de la compagnie n'a oublié le Lord Mulgrade, (alors le Capitaine Philipp), & ſon voyage dans le nord pour faire des découvertes. Je l'accompagnai comme ſon ami; lorſque nous eûmes at-

teint la plus haute latitude septentrionale ,
je découvris avec ce fameux télescope ,
dont je vous ai déjà parlé , deux ours
blancs , en grande activité sur un mon-
ceau de glace qui me paroissoit au-dessus
des mâts , à une demi-lieue de distance.
Je pris ma carabine sur mon épaule , &
je montai cette roche glacée : parvenu
au sommet , je me trouvai sur une surface polie , qui était précisément le théâtre
des plaisirs de ces animaux ; j'avançai sur
eux , sautant quelquefois par-dessus des
cavités profondes qui se trouvaient sur
mon passage ; quelquefois le chemin était
si glissant que je tombais à chaque pas :
lorsque je me trouvai à portée , je commençai à calculer le produit des deux
peaux d'ours , & à les convoiter , car ils
étaient aussi gros que deux bœufs bien
nourris ; malheureusement , comme je

couchais en joue, mon pied droit gliſſa ;
je tombai à la renverſe, & je m'évanouis.
J'ouvris enfin les yeux à la lumière ; mais
je friſſonne encore en vous le racontant,
un des ours s'était emparé de moi, m'a-
vait tourné ſur le dos, & ſe diſpoſait à
me déshabiller : ſon intention était, ſans
doute, de m'emporter, Dieu ſait où ;
mais je m'armai d'un coutelas que je por-
tais ſur moi, & je lui coupai trois doigts
du pied de derrière ; il me quitta auſſi-
tôt pouſſant des hurlemens affreux ; je
faiſis ma carabine, & je l'étendis roide
ſur la place. Soudain, un millier d'ours,
endormis ſur la glace, ſe levèrent à ce
bruit, qui les attirait malheureuſement
de mon côté ; par bonheur, une idée
ſingulière ſortit à propos de mon péri-
crâne ; je m'affublai de la peau de l'animal
mort, en moins de temps que le plus

habile rôtiffeur n'en mettrait à écorcher
un lapin. La troupe vint directement fur
moi , tournant autour de mon corps &
me flairant les uns après les autres : la
rufe me réuffit , fur-tout , lorfqu'effayant
de les contrefaire , je parvins à les trom-
per en empruntant leurs manières, comme
fi j'euffe été élevé parmi eux : il eft vrai
qu'ils me furpaffaient dans l'art de rugir , de
grogner , &c... Raffuré par leur méprife ,
je commençai à chercher dans ma tête un
moyen de tirer parti de la confiance que
je leur avais infpiré. Un vieux Chirurgien
de l'armée m'avait dit autrefois , qu'un
coup porté dans un certain endroit de
l'épine du dos, pouvoit tuer fur le champ
l'animal le plus fort ; je réfolus d'en faire
l'expérience ; mon coutalas fut encore ma
reffource. Je frappai entre les épaules au-
deffus du col le plus gros des ours, trem-

blant qu'il ne me mît en pièces s'il fur-vivoit à la bleſſure ; j'en fus quitte pour la peur, car je l'étendis à mes pieds ſans mouvement : je les expédiai ainſi les uns après les autres, ſans qu'ils conçuſſent le moindre ſoupçon ſur moi, en voyant ainſi tomber leurs camarades. Entouré de leurs cadavres, je me regardai comme un autre Samſon ; j'en avois tué mille. Pour abréger, je retournai au vaiſſeau ; j'emmenai les deux tiers de l'équipage pour m'aider à les dé-pouiller & à les porter à bord, ce qui fut achevé en moins de deux heures : les corps furent jettés à la mer quoiqu'à mon grand regret, parce que je ſuis ſûr que, bien préparé, c'eût été un excellent ra-goût.

A notre retour, j'envoyai les jarrets de ces terribles bêtes aux perſonnes en place, aux Lords de l'Amirauté, aux Lords Tré-

foriers , au Lord-Maire , à la Société
Royale , & à quelques-unes des princi-
pales maisons de commerce , qui m'en
firent leurs remercîmens , & la Cité m'ho-
nora d'une invitation pour le jour du repas
donné par le Lord-Maire.

A l'égard des peaux très-estimées , j'en
fis des présens aux Souverains de l'Europe, auxquels mon nom était déjà connu ;
& , ce qui vous paroîtra bien singulier,
c'est qu'une Princesse de Perse , sur le bruit
de ma réputation , m'écrivit, de sa main,
une déclaration d'amour dans toutes les
formes , & qu'elle chargea même un
Ambassadeur extraordinaire de me pro-
poser, de sa part , un tête-à-tête en l'ab-
sence du Roi , son mari , qui s'était mis
à la tête de ses troupes pour repousser
les Tartares , dont les incursions fréquentes
commençaient à l'inquiéter : elle ajouta

qu'elle irait me joindre fur la frontière,
fi je l'aimais mieux. Je répondis en ftyle
Oriental, que je baifais la pouffière de fes
pantoufles ; que je ne me croyais pas digne
de remplacer un auffi grand Monarque ;
& que je lui confeillais de refter en Perfe
jufqu'au retour de fon augufte époux.
Si je ne craignais de paffer pour vain, je
vous dirais, Meffieurs, que ce n'eft pas
la feule Souveraine qui m'a fait l'offre de
fa couronne.

Quelques perfonnes ont reproché au
Capitaine Philipp de n'avoir pas pouffé
fa navigation affez loin ; mais je m'em-
preffe de lui rendre juftice avec toute la
candeur dont je fuis capable. Notre vaiffeau marchait légèrement jufqu'à l'époque
où je le chargeai d'un fi grand nombre
de peaux & de membres d'ours, qu'il lui
fut impoffible de lutter contre le vent qui

nous fut toujours contraire , & de nous faire un paſſage à travers ces montagnes de glaces qui nous arrêtèrent aux extrê- mités du pole.

Le Baron finit ici le détail de ſes aven- tures , & laiſſa la compagnie émerveillée de ſes exploits , & dans la meilleure hu- meur du monde. Lorſque chacun eut ex- primé , à ſa manière , la ſatisfaction que le narrateur avait procuré par le charme de ſes récits , un de ſes proches parens , qui ſe trouvait alors dans la ſociété , & qui ne l'avait pas quitté durant ſon ſéjour chez les Turcs , prit la parole , obſervant que , près de Conſtantinople , il y avoit une pièce d'artillerie conſidérable , dont le Baron de Tott avait beaucoup parlé dans ſes mémoires. Si je ne me trompe pas , voici , dit le parent du Baron , les expreſ- ſions , ou à peu près , de l'Hiſtorien du

ferrail. « Les Turcs avaient placé, près
» de la ville, au haut du château bâti sur
» la rive du Simoïs, une pièce de canon
» jettée en bronze, & d'un calibre si fort,
» qu'elle eût porté un boulet de onze
» cents livres pesant : j'étais tenté, dit
» le Baron de Tott, d'y faire mettre le
» feu, pour juger de son effet. Les gens
» qui m'entouraient, tremblèrent à ma
» proposition ; ils assuraient qu'il y avait
» de quoi mettre, non-seulement le châ-
» teau, mais la ville en poudre. Après
» avoir dissipé leurs craintes, j'obtins la
» permission d'exécuter mon projet. Il ne
» fallut pas moins de trois cents trente li-
» vres de poudre pour lancer un boulet de
» onze cents pesant. Quand l'ingénieur
» eut mis l'amorce, la foule se recula
» le plus loin possible, & ce fut avec
» beaucoup de peine que je parvins à

» perſuader au Pacha qu'il n'y avait au-
» cun riſque ; l'ingénieur lui-même n'é-
» tait pas très-raſſuré. J'allai me placer
» ſur un ouvrage en pierre ; de-là je
» donnai le ſignal. L'exploſion produiſit
» un effet ſemblable à celui d'un tremble-
» ment de terre ; le boulet ſe diviſa en
» trois éclats qui rebondirent de l'autre
» côté du détroit ſur la montagne op-
» poſée, & la ſurface de l'eau fut cou-
» verte de fumée dans toute l'étendue du
» canal ». Tel eſt, je crois, le compte
rendu par le Baron de Tott : lors de notre
arrivée à Conſtantinople, on citait encore
cette expérience comme une preuve d'un
courage extraordinaire. Le Baron de Mu-
nikhouſon, qui ne voulait pas le céder en
valeur à un étranger, lança cette pièce de
canon dans la mer, &, nageant après elle, la
conduiſit à la rive oppoſée, d'où malheu-

reufement il effaya de la jetter , à force
de bras , à la même place ; je dis malheureufement, parce que , l'ayant mal faifie,
elle gliffa dans fa main , & tomba dans le
beau milieu du canal , où elle eft reftée
fans efpoir de pouvoir l'en retirer. Malgré
la faveur dont il jouiffait à la Cour , le
Grand-Seigneur , outré de la perte de
cette pièce fameufe ; donna ordre qu'on
tranchât la tête au Baron ; mais une des
Sultanes , qui l'aimait beaucoup , le fit
avertir fous main , & le tint caché dans
fon appartement, jufqu'à ce que les pour-
fuites fe fuffent ralenties , & peu de temps
après, il l'enleva, profitant d'un vaiffeau
qui faifait voile pour Venife , où il la
conduifit avec des richeffes immenfes.

Le Baron, Meffieurs, n'aime point à
raconter cette hiftoire , parce qu'il man-
qua fon coup ; mais, comme elle ne bleffe

en rien la réputation qu'il s'eft juftement
acquife , je ne me fuis pas fait de fcrupule
de vous en faire part en fon abfence. Maintenant que fa vivacité vous eft connue ,
pour diffiper les doutes que vous pourriez
avoir conçu de la mienne , il eft à propos
que vous fachiez qui je fuis : nous fommes
alliés le Baron & moi, comme j'ai déjà eu
l'honneur de vous le dire.

Mon père putatif étoit né à Berne en
Suiffe , où il exerçait un office municipal :
fon département avait pour objet la pro-
preté des rues ; il était, en un mot, ce
qu'on appelle un boueux. Pour ma mère,
les montagnes de Savoie l'avoient vu naître;
un large goître, le plus beau qui , de mémoire d'homme , eût exifté , s'arrondiffoit
autour de fon col : on fait que le mérite
de ce genre de beauté, commun aux ha-
bitans du pays, confifte particulièrement

dans

dans son ampleur. A peine au sortir de l'enfance, ma mère avait quitté ses parens. Le hasard lui avait fait chercher fortune dans la ville où mon père était né. Tant qu'elle fut seule obligée de pourvoir à sa subsistance, c'était par ses procédés obligeans pour notre sexe, qu'elle sut se procurer une infinité de ressources ; elle avait même, à cet égard, une réputation si bien établie, que moyennant une libéralité préalable, le premier venu était sûr de tout obtenir de son penchant à rendre service. Mon père & elle se rencontrèrent dans la rue ; leur premier regard décida de leur enchantement : ma mère tomba à la renverse, entraînant mon père dans sa chûte. Le couple amoureux fut surpris ; la Garde les saisit & les conduisit en prison ; delà ils allèrent faire une retraite de quelques mois dans une maison de cor-

Part. II.   D

rection. Rendus à la société, ils s'épousè-
rent ; mais ma mère, toujours entraînée
vers ses premiers penchans, s'émancipa
tant de fois, que son mari, dont les prin-
cipes étoient fort délicats sur l'honneur,
résolut de s'en séparer. Leur compte fut
bientôt fait, attendu qu'ils n'avaient pas
une obole à partager. Ma mère s'attacha
sur le champ à une troupe de Baladins,
qui faisaient jouer des marionnettes : ses
talens pour faire parler Polichinelle, sont
trop connus pour qu'on m'accuse de vanité, en la citant comme ce qu'il y a de
plus parfait dans ce genre. Soit circonstance, soit inconstance, elle renonça à
ce métier ambulant, & vint s'établir à
Rome marchande d'huîtres. Dans une cé-
rémonie publique, un très-grand personnage se détacha de la foule, pour visiter
la boutique de ma mère : il mangea tant

d'huîtres qu'il s'oublia tout-à-fait, & ne
fortit de chez elle que le lendemain au
lever de l'aurore.

C'eft à cet heureux oubli que je dois le jour.
Ma mère me l'a dit, c'eft affez pour l'en croire.

L'heure du fouper ramena le Baron
auprès de fes amis ; on fervit ; on s'enivra ;
un des convives échauffé par le vin, s'avifa
de contefter impoliment à notre voyageur
la vérité de fes aventures : ils prirent
querelle, fe battirent ; le Baron fut dan-
gereufement bleffé, & ne revint à la vie
qu'après de longues fouffrances & un long
intervalle de temps. Depuis lors il fut
entièrement dégoûté de chercher des aventures, & fur-tout de les raconter.

FIN.

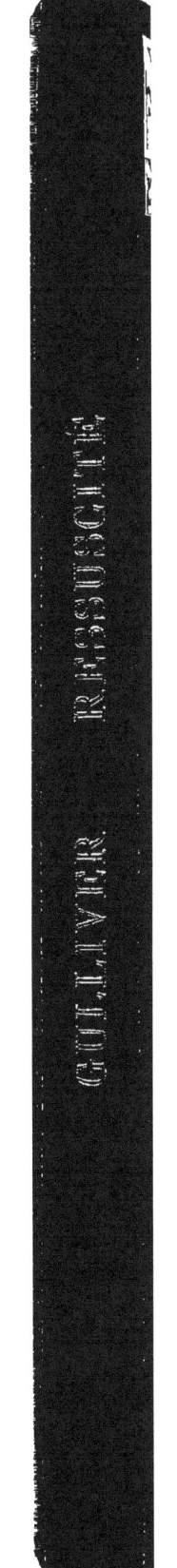

www.ingramcontent.com/pod-product-compliance
Lightning Source LLC
Chambersburg PA
CBHW071115260626
47162CB00006B/2327